GUÍA DE LECTURA

Escrita por Florence Hellin
Traducida por Laura Soler Pinson

El último día de un condenado a muerte

de Victor Hugo

VICTOR HUGO

POETA, DRAMATURGO, NOVELISTA Y POLÍTICO FRANCÉS

- **Nacido en 1802 en Besanzón (Francia)**
- **Fallecido en 1885 en París (Francia)**
- **Algunas de sus obras:**
  - *Hernani* (1830), obra de teatro
  - *Nuestra Señora de París* (1832), novela
  - *Los miserables* (1862), novela

Poeta, novelista, dramaturgo y político, Victor Hugo es el escritor emblemático del Romanticismo francés. Elegido «jefe de filas de los románticos», lleva una vida de compromiso político, interviniendo en grandes causas, como en la abolición de la pena de muerte. Durante el Segundo Imperio francés, se ve obligado a exiliarse (1851-1870) en Jersey, y luego en Guernsey, donde escribe principalmente *Los miserables*.

En 1885, tras su muerte, la República francesa organiza en su honor un grandioso funeral de Estado y es consagrado por el pueblo como el escritor francés más importante.

EL ÚLTIMO DÍA DE UN CONDENADO A MUERTE

UN AUTÉNTICO ALEGATO CONTRA LA PENA DE MUERTE

- **Género:** novela
- **Edición de referencia:** Hugo, Victor. 2003. *El último día de un condenado a muerte*. Traducido por Juan Gabriel Vásquez. Barcelona: El Aleph
- **Primera edición:** 1829
- **Temáticas:** pena de muerte, sufrimiento, injusticia, crueldad

El último día de un condenado a muerte se publica en 1829. A la edición de 1832 se le añade un importante prefacio.

En esta obra se nos presentan las últimas reflexiones de un condenado a muerte en las últimas veinticuatro horas de vida que le quedan. No conocemos su nombre, ni el crimen que ha cometido. En este «diario de sufrimientos», el narrador hace un repaso de lo que ha vivido durante seis semanas, desde su sentencia hasta su ejecución. Lo llena de reflexiones sobre su condición, de recuerdos de su vida anterior, siempre con la sombra amenazante de la guillotina.

Esta obra es algo más que una novela: es un auténtico alegato contra la pena de muerte, y nos ofrece un testimonio de la lucha emprendida por Victor Hugo.

RESUMEN

CAPÍTULOS 1-21 — EN BICÊTRE

Hace cinco semanas, el narrador fue condenado a muerte. Cinco semanas durante las cuales vive obsesionado con la guillotina. Solía ser un hombre como los demás, libre, que amaba las mujeres y el teatro. Ahora es un prisionero y se encierra en una idea, la de la muerte.

En el momento del juicio, se había mostrado confiado en la sala de audiencia. Solo veía como salida la libertad. Pero le cae encima la sentencia fatal: el cadalso.

Cuando llega a la cárcel de Bicêtre, le visten con una camisa de fuerza. Ha decidido presentar un recurso de casación, así que pronto se le comunicará la decisión del tribunal.

El condenado explica sus condiciones de cautiverio. Al principio de su estancia en la cárcel, los guardias le trataban con una suavidad insoportable, lo que le recordaba constantemente que no era un preso como los demás («las atenciones de un carcelero huelen a cadalso», Hugo 2003, cap. 5). Observa con gran alivio que ese trato deferente desaparece al cabo de unos días.

Todas las semanas tiene derecho a un paseo de una hora en el patio junto con los demás presos. De ellos aprende algunos rudimentos del argot, sobre todo vocabulario relacionado con el ámbito carcelario («La cabeza de un ladrón tiene dos nombres: *la sorbona*, cuando medita, razona y aconseja el crimen; *el tronco*, cuando la corta el verdugo», Hugo 2003, cap. 5).

Hay curiosos que pagan por atisbarle entre los barrotes de su celda, donde se le vigila día y noche.

Al final, le quitan la camisa de fuerza y le dan permiso para escribir.

El narrador cuenta los días que le quedan por vivir. El proceso va a durar en total seis semanas, y puesto que ya hace cinco que llegó a la cárcel, la ejecución parece estar cerca.

Esperando el amanecer, el preso observa las inscripciones que decoran los muros de su celda. Antes que él pasaron por el mismo lugar muchos hombres, desde el asesino que mata a sangre fría hasta el disidente político. Se para bruscamente tras ver el dibujo de un cadalso, que representa su futura muerte.

Unos días antes, tiene la ocasión de asistir desde la soledad de su celda al herraje y a la partida de los condenados a trabajos forzados, lo que provoca un gran alborozo en la cárcel. El narrador mira esto con una mezcla de curiosidad y piedad. De repente, los galeotes interrumpen su algarabía, se giran hacia él y lo señalan con el dedo. Ahora le toca a él, condenado a muerte, ser el centro de atención. Los forzados se agolpan bajo su ventana y el protagonista se desmaya de miedo. Se lo llevan a la enfermería. Ahí se encuentra en un estado de ensoñación cuando escucha un canto que proviene del exterior.

La voz de la joven es magnífica, pero la letra, terrible, le horroriza («Era repugnante oír palabras tan monstruosas de esa boca fresca y colorada», Hugo 2003, cap. 16).

Cuando se pone a escribir, el condenado no puede impedir imaginarse su fuga.

Amanece y el carcelero se acerca para preguntarle al narrador qué quiere comer. Este sabe que eso quiere decir que su ejecución se llevará a cabo ese mismo día. Recibe la visita del director de la cárcel y del cura. Todavía conmocionado por la noticia, se tambalea. El ujier lo saca de su letargo para anunciarle que su recurso ha sido desestimado.

CAPÍTULOS 22-47 — EN LA CONSERJERÍA

Se transfiere al condenado desde su celda en la cárcel de Bicêtre hasta la de la Conciergerie. La muchedumbre se agolpa alrededor durante su trayecto hasta París.

En su nueva celda, conoce a otro condenado a muerte, que le cuenta las circunstancias que le han llevado a la cárcel. El preso le pide su abrigo, dado que dentro de poco ya no lo necesitará, para poder intercambiarlo por tabaco. El narrador se lo da a regañadientes.

Se lo llevan a otra celda, en la que ponen a su disposición material para escribir. Recuerda la primera vez que vio una guillotina. En aquel momento, había girado espantado la cabeza.

Un nuevo gendarme viene a vigilarlo y le pide algo sorprendente: hace años que juega a la lotería sin éxito. Le ruega al condenado que, una vez muerto, se le aparezca y le revele los números de la lotería. En ese momento, el narrador tiene una pequeñísima esperanza: se lo promete, pero a cambio tendrán que intercambiarse la ropa. El agente accede, pero en el último momento, duda. El plan de fuga hace aguas («He vuelto a sentarme, mudo y más desesperado tras la esperanza que había tenido», Hugo 2003, cap. 32).

Para olvidar el presente, el condenado se refugia en el pasado y rememora un dulce recuerdo: su primer amor con Pepita.

Después, logra dormir durante una hora, pero su descanso se ve alterado por un sueño extraño. Cuando despierta, el cura le anuncia que su hija ha venido a verle. Loco de alegría, pide que la traigan enseguida. Sin embargo, su alborozo dura poco, porque su propia hija no lo reconoce. Ha pasado del estatus de padre al de simple desconocido, al de un «señor». Este triste encuentro lo derrumba por completo («Es ahora cuando deberían venir; ya nada me importa; se ha roto la última fibra de mi corazón. Estoy dispuesto para lo que van a hacerme», Hugo 2003, cap. 44).

Aun así, decide escribirle unas líneas a su hija para que conozca la historia de su padre, y para que sepa por qué su nombre está manchado de sangre. A continuación, hay una nota del editor (Hugo 2003, cap. 47) en la que se explica que faltan dichas hojas, probablemente porque al condenado no le dio tiempo a redactarlas.

CAPÍTULOS 48-49 — EN UNA HABITACIÓN DEL AYUNTAMIENTO

La muchedumbre se agolpa en la plaza. A las tres se llevan al narrador para hacerle la limpieza del condenado: se le corta el pelo, se le quita el abrigo y se le ata de pies y manos.

Al salir de la cárcel, le suben a una carreta desde donde mira desafiante a toda esa gente que espera impaciente para ver el macabro espectáculo.

Durante el corto trayecto hasta el cadalso, el condenado se tambalea. Tiene una última petición: que le dejen escribir sus últimas voluntades.

Suplica piedad e intenta —en vano— retrasar el momento fatal («¡El indulto! ¡El indulto! —he repetido—. ¡O cinco minutos más, por piedad!», Hugo 2003, cap. 49).

PUNTOS DESTACADOS

LA PENA DE MUERTE

Según las épocas y las regiones, la pena de muerte ha sido percibida de maneras muy diferentes. Hasta el siglo XVIII estuvo muy extendida por todo el mundo, pero en la actualidad, muchos países han decidido abolirla. Los debates acalorados, a veces incluso violentos, entre partidarios y oponentes de la pena de muerte han contribuido a la evolución de la noción de los derechos humanos.

En Francia, en la época del Antiguo Régimen, era normal realizar ejecuciones. Se ejecutaba por múltiples razones y múltiples eran también los métodos utilizados (la horca, la hoguera o la decapitación, esta última reservada exclusivamente a los nobles). A veces, el verdugo, actuando con torpeza, infligía unas torturas inútiles a los condenados. Además, esas desigualdades entre ciudadanos a la hora de morir ofendieron a los revolucionarios de 1789.

Movido por esta injusticia, el doctor Guillotin exigió que se aplicara por un mismo crimen la misma pena para todos. El 1791, el Código Penal francés declaraba que «a todo condenado a muerte se le cortará la cabeza». Fue Antoine Louis el que diseñó la nueva técnica de ejecución. La primera muerte con guillotina se llevó a cabo en 1792 y se extendió su uso hasta dos siglos después —fue François Mitterrand (hombre de Estado francés, 1916-1996) quien abolió su utilización en 1981.

EL MOVIMIENTO ABOLICIONISTA EN FRANCIA

Ya desde 1791 se escuchan voces que piden la abolición de la pena capital. Las peticiones y las propuestas de ley de los abolicionistas se multiplican. En 1838, en la Cámara de los Diputados de Francia, Lamartine declara que «la pena capital resulta inútil y es dañina en una sociedad evolucionada».

Diez años después, en septiembre de 1848, la pena capital es abolida en temas políticos. Victor Hugo aprovecha esta tendencia para pronunciar un discurso en la Asamblea Nacional francesa, donde pide que se abola por completo. Sin embargo, fracasa.

La lucha abolicionista ha sido siempre uno de los puntos principales de la vida de Victor Hugo, y *El último día de un condenado a muerte* marca el inicio de su compromiso a favor de la derogación de la pena de muerte. Aun así, el escritor se da cuenta rápidamente de que, para ser eficaz, no puede limitarse a la literatura. Emplea entonces todas las posibilidades que la escritura le ofrece para ganarse a la opinión pública: multiplica los discursos políticos en la Asamblea y en el Senado franceses, los artículos en los periódicos, las peticiones, etc.

Para Victor Hugo, la pena de muerte tiene que ver tanto con la política como con la ética. Abolición y noción de progreso democrático van de la mano: «Allí donde se prodiga la pena de muerte, la barbarie domina; allí donde raras veces se aplica, reina la civilización» (*Actos y palabras*).

CLAVES DE LECTURA

EL ORIGEN DE *EL ÚLTIMO DÍA DE UN CONDE-NADO A MUERTE*

El último día de un condenado a muerte se nutre del horror que suscita en el escritor la pena capital. Según Adèle, la mujer de Victor Hugo, fue un acontecimiento en particular el que empujó a su marido a escribir esta obra. Victor Hugo pasaba un día por la plaza del ayuntamiento, y vio al verdugo ensayar la «sesión» que iba a tener lugar esa misma tarde. La imagen del ejecutor satisfecho con su trabajo y la idea de un preso agónico a las puertas de la muerte se le antojaron insoportables al autor. Al día siguiente ya estaba escribiendo *El último día de un condenado a muerte*, que acaba tres semanas después.

Victor Hugo es todavía un joven escritor, y esta es la primera vez que utiliza la pena de muerte como tema literario. A este libro le sigue poco después otra novela, *Claudio Gueux* (1834), basado en hechos reales.

EL RELATO: UN MONÓLOGO

El último día de un condenado a muerte se presenta como el diario de un preso que va a morir, redactado en sus últimas veinticuatro horas de vida. Se trata de un «diario de sufrimientos», donde se mezclan recuerdos (de sus dos vidas: la de dentro y la de fuera de la cárcel), sueños, tormentos y acontecimientos tristes.

Victor Hugo intenta sensibilizar al lector haciéndole vivir la angustia a la que está sometido un condenado a muerte. Para ello, recurre a una técnica en particular: el monólogo. Esta obra es uno de los primeros monólogos interiores de la literatura francesa.

Según la definición literaria, el monólogo interior es «[...] el discurso sin público que no se pronuncia, a través del cual un personaje revela sus pensamientos más íntimos, los más cercanos al subconsciente, anterior a todo orden lógico»[1] (Édouard Dujardin, iniciador de la técnica).

Sin embargo, esta clasificación debe matizarse: el monólogo interior se constituye como realidad literaria hacia finales del siglo XIX, y supone una construcción y un estilo mucho más libres que los practicados por Victor Hugo.

Sea como fuere, Victor Hugo es el precursor de un nuevo género. Sitúa al lector en el interior de la conciencia de un hombre presa de numerosos tormentos. Así, el autor coloca al lector en una posición incómoda, forzándole a adoptar su punto de vista.

---

1. Cita traducida por ResumenExpress.com

EL PREFACIO: UN AUTÉNTICO ALEGATO/ ACUSACIÓN

El prefacio de la edición de 1832 aporta una nueva dimensión al texto novelado de *El último día de un condenado a muerte*. Este último es una ficción destinada a sensibilizar al lector, mientras que el prefacio es una auténtica acusación contra la pena de muerte y un alegato para su abolición, redactado con un solo propósito, el de convencer.

Así, en este prefacio, el sistema enunciativo ha sido concebido para imitar el alegato de un abogado. El peso recae sobre la palabra: Victor Hugo parece dirigirse a un público a quien debe persuadir. Para acentuar esta teatralización, el escritor multiplica los rasgos orales: los juegos de pregunta y respuesta, las interpelaciones, las interjecciones, etc., están diseminados por todo el texto.

Victor Hugo recurre a numerosos argumentos para poner a los lectores de su parte. Las pruebas y los argumentos que presenta son a la vez objetivos y subjetivos:

- pruebas objetivas: se desmonta sobradamente la teoría del ejemplo. El autor va incluso más allá afirmando que los países donde la pena de muerte ha sido abolida han visto disminuir la cifra de crímenes capitales.
- argumentos subjetivos: Victor Hugo apela a la sensibilidad del lector, por ejemplo con el relato de tres ejecuciones fallidas («Es necesario citar aquí dos o tres ejemplos de lo impías y espantosas que resultaron algunas ejecuciones. Hay que enervar a las mujeres de los

procuradores reales»).

Es importante tener una visión de conjunto del relato de *El último día de un condenado a muerte* y de su prefacio. El primero apela por completo a la sensibilidad y a la emoción del lector a través del narrador condenado, mientras que el segundo es un arma de persuasión con una sólida estrategia argumentativa. Estas dos partes hacen de *El último día de un condenado a muerte* una novela de tesis en la que Victor Hugo defiende con uñas y dientes el fundamento de su lucha abolicionista.

RETRATO DE UN ANTIHÉROE

Las debilidades de un hombre

A lo largo de su encarcelamiento y de la redacción de su diario, que es una especie de «autopsia intelectual» de sus sufrimientos, el narrador es presa de sentimientos encontrados y contradictorios: esperanza, rabia, miedo, desánimo, valor, etc.

El condenado intenta no caer en la esperanza para evitar una desilusión demasiado cruel. Pero no puede evitar imaginar planes de fuga («¡Oh! Si pudiera escapar, ¡cómo correría por los campos!», Hugo 2003, cap. 27), y esta idea le obsesiona. Está aterrado cuando se da cuenta de que toda tentativa de fuga está destinada al fracaso, y que su muerte es inexorable e inevitable («He vuelto a sentarme, mudo y más desesperado tras la esperanza que había tenido», Hugo 2003, cap. 32).

Alterna pensamientos de valentía con momentos de debilidad cuando atisba lo que le espera («—No estoy preparado, pero estoy listo. Sin embargo, se me ha nublado la vista, un sudor frío ha brotado de todos mis miembros a la vez, he sentido que se me hinchaban las sienes, y un zumbido ha llenado mis oídos», Hugo 2003, cap. 21). La imagen de la guillotina lo tortura y la muerte le da miedo, puesto que no sabe qué se siente cuando uno sucumbe a la hoja del invento de Guillotin («¡Si cuando menos supiera cómo ocurre todo, de qué manera muere uno allá arriba! Pero es horrible: no lo sé», Hugo 2003, cap. 27). En otros momentos no se amedranta ante el horror y afronta estas visiones escabrosas («¡Pues bien! Tengamos coraje frente a la muerte, tomemos esta espantosa idea con ambas manos y mirémosla a la cara», Hugo 2003, cap. 41).

Sus últimos momentos oscilan entre la rebeldía y la regresión. Se sube con valor a la carreta que lo llevará al cadalso y la furia se adueña de él («Me he sentido lleno de rabia contra esta gente. He tenido ganas de gritarles: —¿Quién quiere [mi sitio]?», Hugo 2003, cap. 48). Pero este último arrebato heroico viene seguido por el miedo y el desánimo («[...] me ha ofrecido su brazo, he bajado, enseguida he dado un paso, me he dado la vuelta para dar otro, pero no lo he logrado», *ib.*).

No sube al cadalso con una actitud de héroe, sino como un hombre atemorizado y cobarde. No ha podido vencer la idea de la muerte y no logra afrontarla con la cabeza alta. A pesar de que ha tenido arrebatos de audacia y de valentía, el pavor domina a este personaje. Al final, es un hombre como los demás: aterrorizado y frágil ante su propia muerte.

Un personaje casi anónimo

Poco se sabe sobre el narrador. La información se proporciona con cuentagotas a través de sus impresiones y de sus recuerdos:

- es un hombre todavía joven, sano y fuerte. Está casado y es padre de una niña pequeña;
- parece que proviene de un entorno social que le ha aportado un cierto nivel material y cultural: cita uno de sus libros, los relatos de viaje del biólogo italiano Spallanzani (1729-1799) y se da el gusto de citar algunas frases en latín;
- el lector jamás conocerá el crimen y sus circunstancias;
- el capítulo 47, que debía contar su historia, está vacío.

Este anonimato y esta falta de información forman parte de una estrategia narrativa:

- al describirle y calificarle lo menos posible, el escritor erige a su condenado como representante de todos los condenados, bien sean rufianes o inocentes. No se defiende un caso particular, sino a todos esos hombres encerrados que esperan la muerte. Así, el alcance de la obra es más amplio;
- esa mínima cantidad de detalles sobre este hombre permite una mayor identificación del lector con el caso. El condenado remite al lector a su propia angustia frente a la muerte, con una pequeña diferencia: el narrador sí que conoce la fecha final.

Un individuo contra la muchedumbre

En *El último día de un condenado a muerte*, la muchedumbre se opone al individuo condenado a muerte.

El condenado ejerce sobre la multitud una fascinación real: la gente piensa que es capaz de predecir los números de la lotería, atrae a curiosos a la cárcel y sus desplazamientos siempre son seguidos por un gran cortejo.

Está en el centro de todas las miradas, pero su posición de narrador también le permite evaluar a la muchedumbre. Se produce un fuerte enfrentamiento entre esta última y el condenado («Los mercaderes de sangre humana gritaban a voz en grito: —¿Quién quiere un sitio? Me he sentido lleno de rabia contra esta gente. He tenido ganas de gritarles: —¿Quién quiere el mío?», Hugo 2003, cap. 48).

El perfil de la masa popular dibujado por Victor Hugo es muy virulento. Multiplica las observaciones gélidas destinadas a estigmatizar la inhumanidad o incluso la bestialidad de esta muchedumbre indistinta («el grito del populacho», «espectadores ávidos y crueles», «¡Oh! El pueblo horrible con sus gritos de hiena»).

El escritor envía a la sociedad al banquillo de los acusados. Aquellos que miran el espectáculo sangriento en la plaza de Grève son cómplices del crimen. El pueblo es igual de responsable, puesto que pide a gritos este asesinato y está dispuesta incluso a pagar para verlo.

PISTAS PARA LA REFLEXIÓN

ALGUNAS PREGUNTAS PARA PROFUNDIZAR EN SU REFLEXIÓN...

- Comente la siguiente cita de Victor Hugo: «Allí donde se prodiga la pena de muerte, la barbarie domina; allí donde raras veces se aplica, reina la civilización».
- Victor Hugo luchó toda su vida contra la pena de muerte. ¿Piensa que este libro ha tenido menos/tanto/más poder que sus discursos políticos y sus artículos? Justifique su respuesta.
- Victor Hugo no es el primer escritor que se compromete en luchas contra injusticias y desigualdades. Compare sus argumentos, sobre todo en el prefacio de *El último día de un condenado a muerte*, con los argumentos de Voltaire (escritor y filósofo francés, 1694-1778) en el artículo «Tortura» del *Diccionario filosófico*.
- ¿Cuáles son los procedimientos utilizados por Victor Hugo para provocar la identificación del lector con el narrador?
- ¿Cuál es la diferencia entre *El último día de un condenado* y una autobiografía?
- ¿Por qué podríamos decir que el tiempo desempeña un papel esencial en este relato?
- ¿Ha evolucionado el personaje entre el principio y el final del texto?
- Este libro ha generado controversia desde su publicación en 1829. ¿A qué cree usted que se debe?
- Victor Hugo inaugura con esta obra un nuevo género, el monólogo interior, que inspiró a otros muchos escritores

como, por ejemplo, a Albert Camus (escritor francés, 1913-1960) en *El extranjero*. Compare las dos obras.

- *El último día de un condenado a muerte* juega a la vez con lo trágico, lo patético y el humor negro. Explique y dé ejemplos de esto.

PARA IR MÁS ALLÁ

EDICIÓN DEL TEXTO

- Hugo, Victor. 2003. *El último día de un condenado a muerte*. Traducido por Juan Gabriel Vásquez. Barcelona: El Aleph.

ADAPTACIÓN

- Gros, Stanislas. 2007. Cómic *Le dernier jour d'un condamné*. París: Delcourt.

EN RESUMENEXPRESS.COM

- Guía de lectura de *Claudio Gueux* de Victor Hugo.
- Guía de lectura de *Hernani* de Victor Hugo.
- Guía de lectura de *Los miserables* de Victor Hugo.
- Guía de lectura de *El hombre que ríe* de Victor Hugo.
- Guía de lectura de *Nuestra Señora de París* de Victor Hugo.
- Guía de lectura de *Noventa y tres* de Victor Hugo.

www.resumenexpress.com

ISBN ebook: 9782806279910

ISBN papel: 9782806283986

Depósito legal: D/2016/12603/344

Cubierta: © Primento

Libro realizado por Primento, *el socio digital de los editores*